기획의 말

그리운 마음일 때 'I Miss You'라고 하는 것은 '내게서 당신이 빠져 있기(miss) 때문에 나는 충분한 존재가 될 수 없다'는 뜻이라는 게 소설가 쓰시마 유코의 아름다운 해석이다. 현재의 세계에는 틀림없이 결여가 있어서 우리는 언제나 무언가를 그리워한다. 한때 우리를 벅차게 했으나 이제는 읽을 수 없게 된 옛날의 시집을 되살리는 작업 또한 그 그리움의 일이다. 어떤 시집이 빠져 있는 한, 우리의 시는 충분해질 수 없다.

더 나아가 옛 시집을 복간하는 일은 한국 시문학사의 역동성이 드러나는 장을 여는 일이 될 수도 있다. 하나의 새로운 예술작품이 창조될 때 일어나는 일은 과거에 있었던 모든 예술작품에도 동시에 일어난다는 것이 시인 엘리엇의 오래된 말이다. 과거가 이룩해놓은 질서는 현재의 성취에 영향받아 다시 배치된다는 것이다. 우리는 현재의 빛에 의지해 어떤 과거를 선택할 것인가. 그렇게 시사(詩史)는 되돌아보며 전진한다.

이 일들을 문학동네는 이미 한 적이 있다. 1996년 11월 황동규, 마종기, 강은교의 청년기 시집들을 복간하며 '포에지 2000' 시리즈가 시작됐다. "생이 덧없고 힘겨울 때 이따금 가슴으로 암송했던 시들, 이미 절판되어 오래된 명성으로만 만날 수 있었던 시들, 동시대를 대표하는 시인들의 젊은 날의 아름다운 연가(戀歌)가 여기 되살아납니다." 당시로서는 드물고 귀했던 그 일을 우리는 이제 다시 시작해보려 한다.

기획의 말

그리운 마음일 때 'I Miss You'라고 하는 것은 '네게서 당신이 빠져 있기(miss) 때문에 나는 충분한 존재가 될 수 없다'는 뜻이라는 게 소설가 쓰시마 유코의 아름다운 해석이다. 현재의 세계에는 틀림없이 결여가 있어서 우리는 언제나 무언가를 그리워한다. 한때 우리를 벅차게 했으나 이제는 읽을 수 없게 된 옛날의 시집을 되살리는 작업 또한 그 그리움의 일이다. 어떤 시집이 빠져 있는 한, 우리의 시는 충분해질 수 없다.

더 나아가 옛 시집을 복간하는 일은 한국 시문학사의 역동성이 드러나는 장을 여는 일이 될 수도 있다. 하나의 새로운 예술작품이 창조될 때 일어나는 일은 과거에 있었던 모든 예술작품에도 동시에 일어난다는 것이 시인 엘리엇의 오래된 말이다. 과거가 이룩해놓은 질서는 현재의 성취에 영향받아 다시 배치된다는 것이다. 우리는 현재의 빛에 의지해 어떤 과거를 선택할 것인가. 그렇게 시사(詩史)는 되돌아보며 전진한다.

이 일들을 문학동네는 이미 한 적이 있다. 1996년 11월 황동규, 마종기, 강은교의 청년기 시집들을 복간하며 '포에지 2000' 시리즈가 시작됐다. "생이 덧없고 허기질 때 이따금 가슴으로 암송했던 시들, 이미 절판되어 오래된 명성으로만 만날 수 있었던 시들, 동시대를 대표하는 시인들의 젊은 날의 아름다운 연가(戀歌)가 여기 되살아납니다." 당시로서는 드물고 귀했던 그 일을 우리는 이제 다시 시작해보려 한다.

사람

문학동네포에지 084

황학주 시집

사람

시인의 말

시외 전화를 걸면, 날마다 어머니는 겨우 잠이 든다고 말씀하신다. 두 줄기 눈물을 흘리며 나는 불효함으로써 겨우 살고 있다.

〈청하〉에 감사드린다.

1987년 4월

부안에서 황학주

개정판 시인의 말

35년이 지나 다시 세상에 나오는 나의 첫 시집이 요즘 시 읽는 이들에게 새삼 줄 수 있는 작은 의미라도 있을지 모르겠다.

나는 계속 시를 쓰며 내가 주목하는 곳을 향할 것이다. 그러면 나는 '사람'으로 남을 수 있을 것이다.

여러 시편이 처음 시집에서 부분적으로 퇴고되어 있어 이 시집에 실린 시를 정본으로 삼는다.

2023년 가을
황학주

차례

4부 하류(1980~1984)

1부 그러나 동편에(1986~1987)

지장천을 보며

더 검으면 더 강할 지장천변의 삶에
간 치지 않은 건대구 길쭉길쭉 뜯듯
진눈깨비 떨어질 때
어디엔가 두고 온
벌벌 흔들리는 검은 핏덩이들의
서럽도록 뜨겁고 징그러운 것들, 밑불로 살아 있는
사랑이라는 말의 뜻은 알았지만

완행이 놓쳐버린 소읍의 시간
달러 이자처럼 늘어나는 눈발 속으로
사북 3리 검은 다방 안에 앉은 나의 사랑은
아 나의 사랑은 언 정육처럼 유리창 안의 꽃처럼 의견이 없다
아니면 구두처럼 닦은 나의 절망이라는 것도 너무나 세련된 것이지, 아니냐
혼자서는 아프지 않은 편지를 쓰며
입술은 눈물을 깨물며 어딘가를 찾아가는 것이냐
병반 광부와 을반 광부가 교대하는 이 시간에
사랑이라는 말의 뜻은 알지만
심산유곡에
아아아 아니다 버스가 없고 기차만 가는 채굴되지 않은
사랑을 마련하지 못한 밤에

한 궤짝 연탄을 사고

연탄 한 궤짝이 밤 열시 이후 남지 않았다
그대로 한쪽 벽 전체인 부엌문을 밀면
횡단로 그어진 거리에 올라온 풀들의 흔들림
밤 구름으로 떴다 빗속으로 들어온 맹인 부부가
조개 잡는 계화 땅을 낯선 풀로 낭창거릴 때
나는 찻길 끝으로 연탄재들을 데리고 갔다

모양을 맞춘 희멀건 연탄재 얼굴이
빼끔빼끔하게 터놓은 구멍으로
한 가슴 까 벗긴 댓가지 채찍 소리
긴 줄처럼 새어나올 때

길이란 열어도 닫아도 못 돌아오는 그대 소식의 게시판으로
눈앞에 선다

새로 한 궤짝 연탄을 사고
부엌문을 열고
다시 찻길 끝에 연탄재를 데리고 나오면
어느 날은 어느 날을 옹호하며 창살 사이로 비친 백성들이 벗은 발로 찾아오는
날이 있을까
물방울무늬가 입술 주위에 깨지고
시뻘겋게 타는 눈빛

사람이 깊이 찔리면 참 차가운 땅에 한 나라가 눕는 것을
보여준다

부안에서 황토현 가는

부안에서 황토현 가는 길게 잘 찢은 방죽으로 나는 나비떼 같은 비닐 조각들
아이는 봄 땟국이 아픈 것인 줄 모르고 우연히 목격하고
내 자전거는 가로수 사이로 흔들거리며 지나갈 때

야트막한 고개, 그 전적지*까지는
시 쓰는 사람의 집을 하나 지나야 하고
삶이 그렇게 그렇게 멀어서
저 늘어진 나무줄기를 한 손에 쥐고 저마다 연두색 편지를 흔들어본다

새 한 마리
쇠약한 사람들 옆에서 쌀 씻는 물소리를
흘려보내며 낮꿈에 젖어 있다

* 동학농민운동 황토현 전적지.

사랑

혼자 사는 사람이니까 늘 마루에 햇볕을 들이고 싶은 나는
꿈이 서럽도록 가벼우니까
날이 얇아 깊이 찔러 넣은 꿈인 줄 모르고
사랑의 피를 흘렸네
사랑은 혼자 사는 동작이 끼어드니까 밤새도록 비닐봉지 같은 정신의 가운데가 째진 다음
웃어봐 내가 주었던 작은 눈물들이
뭉개진 고구마 살처럼 진하고 큰 줄 모르고

다시 지산동에 머물면서

풍랑에 굴러가는 이목구비가 있었고
영혼이란 형상은
그나마 헌 누더기를 껍데기로 두른 그날의 흐린 달이었을 것이라고
당신을 이해하려 한다

밤눈 내릴 때 들어가서 자지 못하는
새가 운다 여전히 한 생각을 하며

사랑하니까 고개 들고
살 수 있다지만
발도 덮지 못하는 외로움을 눕혀보게 독한 땅에서
방울방울 우는 일은
세상이 이렇게 끝나는 게 아니라는 뜻이고

봉창 밖 희디흰 숨결들의
맑은 촛불은 진압되지 않아

같이 더 울었더라면 갖은 울음이 무엇이 되었을지라도
밤눈 내릴 때 서로 뜨거운 몸이야 속이지 못했으리

지산동 긴 머리 어린 새들이
손가락으로 어둠의 케이크를 떠먹는 시간
나는 다시 기다리리

더 어려운 날의 더 불편한 잠

단단한 벙어리를 깨고

아주 깜깜한 2, 3월 달반 지나
꽃을 거꾸로 들고 있는 꽃병이 있는데
보고 있을까 망월동 황토 뫼

아무것에도 간절하지 않다면 이 웅달 가지고
왜 살아야 하느냐고
5월이란 한 수족 쓸 수 없는 노래들의 입체적인 글씨체이니
이 터에서 얻은 새끼
가르쳐 전할 적막을 어찌 보느냐고 하리라

사랑하느냐?
네 단단한 벙어리를 깨고
가문 기쁨을 찾아 무리에게 쥐여주라

등줄기를 시푸렇게 그린 외로움
풀도 바람도 제 피 삽삽이 일으키는
날까지는
꼭 갈 것이다

눈물 속의 소금으로 병을 닦으며
꽃을 거꾸로 꽂은 서술은
말이 없을 때
이런 사진에 놀라지는 말자

평화보다 잘 찍힌 불행은 역사에 많다

섬진강 내일

초하루 벼락 먼저 끼얹고
길에 깔리는 어둠은 씨근덕거리고
길게 따라가면 나루터도 얼어들어
대추나무 가지에 턱을 괸 까마귀도
기척 없다

당신의 꼬라지도 참 내 몫인 양
내 수저에 한숨 뱉어가며
그 한숨 내 옷소매에 닦으며
어두운 노래 면해보려던 계절도 그만 멈추지 않았나
산다는 그 윤화(輪禍)

살아서 원치 않는 줄을 치며 비를 맞는다
젖은 나무 밑에서 먹을 갈며 산다

그해 5월
도청 앞 분수대 근방이나 충장로 우체국 앞 어디
골목길에 혼과 백으로 달아맨 꽃은 피고
불가촉을 원하는 냄새도 고였다

당신은 나루터 언덕배기 어둠 속에 있었고
물 흐르는 잎사귀에서 나의 눈을 보았다
아냐? 아니야, 빼앗기지 않은 것은 수수 모가지 사이
어른대던 잊을 수 없는 눈빛만이 아니다

아니다 미친 거지 바람도 숲 새로 오므리고
광약으로 닦이는 섬진강 아침이 오면
이 겨울에 살아가는 얼음 깨는 소리 새로우며
지금 성한 것은 영원히 성한 것이 아니라고
내 믿음을 선불리 말하면 너는 눈물 안 날 것이냐?

언 줄기에서 무슨 일이라도 피어날 텐데
달은 새하얀 허벅지로 그 위에 떠오를 텐데

이름

자전거로 들어가면 길은 조용히 죽지를 내리고
흐린 격포 입구 비뚤비뚤한 글씨같이 붙은 가난한 지붕들은
벗은 아이들을 새알처럼 떨어뜨린다

우체통 옆에서 그대로 막 웃으려 하는
이름 하나를 떠올리면
바다는 차단기처럼 내 썩은 삶의
자전거를 거기서 멎게 해주네

뼛골 속에서 샘솟는 명멸은 어떤 감각이었나
모든 고통이 곰삭아진 거기까지 작게 닿아 복귀—
못 가진 자의 사랑이 1인용 조명처럼 꺼졌다 켜지는 새파란 격포 안으로
꺾어져 드는 배는 공선(空船)뿐인
나를 이미 바다에 실었다

닭벼슬 같은 붉은 변명을 이마에 붙이고
말 없는 목숨이 돼 더이상 간격을 찾을 수 없는 너의 이름을
미행처럼 따라와 나는 수상하게 부른다

그러므로 사랑으로 올려다본 적이 있다고 했다
파란 달

계화교에서

계화교에 도로 서 있는 불빛 하나
간척지까지 온 것은 겨울비뿐이고
낯익은 곳의 외로움이 말(馬)처럼 일어나
퍼렇고 쓸쓸한 계화리, 저 밤이 개수대에 박히는
시간 위로
달리는 차는 다리를 넘어가고

사람들의 말로는 죄가 많다는 그대
지금 내 잠 못 이룬 데서 멀리 있는가
돌밭을 덮고
어느 새로운 번지, 톱밥 같은 말들을 떨어내며
녹죽 한 그루 작은 새를 돌아보듯 살고 있는가

아기들이 세상에 나오다 말던
그해
해로운 시대의 닫힌 담장 밑으로
오디 익는 5월은 달달하게 지나가려 했는가
지금도 당신의 허벅지 사이에 얼굴을 묻고 책을 보고
자주 당신의 관념에 얼굴을 묻고 졸다보면
내 책상, 베개, 세숫대야, 먹붓까지 당신에게 다 있다

숨이 차다

빈집 방문을 찢는 겨울비 듣는다, 가슴 하나
홀몸으로 밀고 다닌 간척지 팽나무 밑에서
가질 수 없으며 잊혀질 수 없는 일의
외로움 생각하고 있으면
눈물 틈으로
당신의 말은, 가까이
화단 번지고

이 가슴속에서
이제 광주 거리에 흰옷 날릴 수가 없고
내 은하에 황구 강아지 하나도 같이 뛸 수 없다

그러나 동편에

앓던 네 살짜리 일생이 떠나는 바닥을 두고
크레용 토막 많이 남은
아이 못다 쓴 담벼락의 세계에 긴 비 내리어
억새풀도 휩쓸리고 있다
학동 테두리 돌아가는 은사시 바람 소리 지나
불 꺼진 제 아이 단짝의 방을 지나
새벽 물가에서 라이터를 켜는
젖은 사내의 작아진 고무지우개만한 마음 구석이여
나도 몸을 가졌으니 너의 상처로만 닦을 수 있는 영혼이 있고
약을 쓰는 눈에 신기루가 보이지
천리 행선지를 둔 나는 버스에 올라도
오 썰렁한 사내에 수의(壽衣)를 씌우는 비
이 비 네겐 1만 밤을 내리리
빗물 위에 잘못 내려앉은 새 한 마리
돈 없어 딸자식 죽였다 한들 할말 없다지만
나도
잠들고 깨어나는
곤하고 구슬픈 살,
내부 내부
뭍이 패어가는 세계를 울리는 빗소리를
사랑으로 알지?
눈에 살아서 가슴에 살아서
고쳐 만날 수 없는

낮과 밤의
끝끝내 붉은 입술에서
우려내는 내 이름들
그러나 이제 해 떠서 우리 상처 걸어다니고
습지에 옹기종기 모였다가 젖은 물리(物理)로 계속 가야 하는
학동 사람들의 창문 보이면
너든 나든 하늘이 광주천 푼 이래
아파서 여기 살고 있는 미미한 혁명가들
우리 모두 발랄한 눈썹의 어둡게 간 딸이 하나둘이 아니다
채탄장을 쓸고 나간 물이 여기뿐 아니다
그러나 마른 모유 같은 희미한
동편 짚으며 골목 어귀를 다른 골목으로 볼 때까지 지나가보리

그래, 무시로 흐르는 소금과
그저 눈물이 다가오는, 오가는 발목을 만나고 있지
꿈꾼 밤에 와
억새꽃 꽂은 들판을 가던
쓰러진 사람들의 떠오르는 생일 같은
저무는 크리스마스 한 번은
화서동 고지대 어머니 골목집 끝에 가 마지막이다라고 나도 누운 일 있지

그리하면 날이 새는 걸 구경하는 자여
비 그친 뒤 짐수레꾼의 풍등이 길 끝에 떠가는 것을 보리라

박주삼씨의 식탁

배추속대 위에 환한 상상이 놓인 양
젖먹이는 식탁 다리 주위
주먹만한 엉덩이로 기어가는데,

그리운 벼이삭 소리 지나
사방 돌밭 사리마을에 가면 알 거야
어두워도 뚝사초 키대로 흔들리고
예 나왔다고 소리소리 지르는 너만한 애기들이
땅 위에 그렇게 많이 어룽지는 것

야간 방문

가로수 길은 거멓게 살아서 고부 가고
불이 들오고 나가는 성탄일 전야는 전나무의 말을 쓰고
깜박깜박 사람들은 있다가
알지 못하는 왼쪽 길로 빠진다

사랑도 못한다는
늦고 정처 없는 한 가지 말이 중얼중얼
소모한 시력을 끌고 올라간다.
꽁꽁 언 한 모금이 안에서 점점 커지고

골똘히 내게 붙어 가는 자전거 불빛 속으로
벗겨져 오는 늦은 눈

시동 끈 검은 골목길
홍 집사의 한약방으로 달리는
내 자전거는 눈이 너무 크고
몸체는 약간 비틀거린다
이게 헛걸음이라면 미끄러운 눈길은 정당해지고
나는 흰 눈길 속으로만 가는 사람
결혼 뒤에 물어도 될지 모르지만
이제 나는 당신을 위해 무슨 약을 구해야 할까

높고 빠른 시간의 설산 속에서

2부 커브(1986~1987)

커브

문방구 근처로 명랑한 백묵처럼 눈발이 날린 뒤
더 할 이야기가 있어 도로 비가 오고
블록담을 빗소리는 다 돌아가지 못한다
있다가 없어진 튼튼한 구식의 가전제품 모델 같은
안아도 안아도 얼음 배긴 염창동의 그리운 사랑이여,
사랑은 만질수록 흘러내리는 눈물 끝을 믿는 것이어서
이담에 보면 안에서는 어둡게 보인 우리 화려한 사랑도 직성(直星)대로 보이게 될까

풀잎들은 경사지를 잡아맨 채 강을 바라보고 있다.
나뭇가랭이 근처 떨어진 사고(思考)가 있었던 듯
새집 둘레는 얼어 깨진 화분처럼 걸려 있다
이 한강 줄기에 저렇게 작은 집이 아프고
숙부드러운 마음 안으론 비의 넌출이 쑥쑥 들어올 때
헤어진 당신과 나는, 이 시대는
커브가 가능할까 또 홀어미의 눈물은 저물고 있다

북광주에서

희생해서 제 안에 집어넣은 구부러진 겨울나무
초집 앞에 사랑하느냐는 옛말은 반짝이던 잎을 통해 떨어지고

어린 날 북광주 역장이 띄운다고 여긴 백로 한 마리
젖은 선을 멀리서 그을 때
그날의 희생은 날갯짓을 비껴가며
자주자주 날아오르는데

부끄럽다
철길 뒤편 긴 굴형만한 길이를 상한 말(言)들이
칙칙대며 가고
초행인 삶이 드러낸 미로에 가는 비 내린다.
이제 달 떠오르고 혼자된 뒤 소용없는 눈물이 희생으로 내리지는 않았으면
두 발에 묻은 철길의 과거와 경쟁하지는 않았으면

호서고등학교에서

아침 안개 속에 갑자기 짖는 개가 내려오고
호서고등학교 계단은 계단 밑에 잠기고
일찍 누군가 흘리고 간 석유는 밤의 흔적이 남아
그리움의 흰 창자 같은 냄새가 남는다

새벽 기도를 가기 위해
가구처럼 나는 사랑을 들여놓고 불을 끄고 나왔으니
사택 앞 청포도알은 켜져 있는 우수이고, 말해둔 지 오래인 사람은 아직 소식이 없다

당신 안녕히.
바다의 바닥 같은 데서도 서약은 물고기를 타고 다니고
감정적으로는
끝까지 내가 약했기 때문에
사랑을 안개에 섞어 사용했을 것이라
생각하여주시오

그리고 당신은 하나뿐이오

바람에 불려 차디, 차던

여러 날 만에 귀가해
홀로인 등성이 팔꿈치를 들어 껴안으면 당신은 울었다

오늘
천마산 억새도 가득 풀리고
눠우침 끝의 물컹거림도 한길이며
내려오는 바람 소리에 귀빡이 들어 있고
찬비 묻은 입가를 닦을 때
떠돌던 곳에서 요염한 망막으로 들어오는
헤쳐지고 바람에 불려 차디,
차던 신혼 살림살이의 가랑잎

읽어보지 못하고 끝날 수 있는
눈익은 핏멍울을 변병하고
말 막힌 한마디씩 내 사람 귓가에 떨어뜨리며
자근자근 그림자 지는 봄볕 한 귀퉁이 짚어나가나
꼬불꼬불한 산길의 돌담을 작작 따라 들어가는
당신의 보일 것 다 보이는 속병 어떻게 하냐

못된 인연의 바퀴살에 감겼으나
가슴은 아픈 것을 아프지 않게 쓸 수 있다 하니
한 가지는 울고 한 가지는 웃을 때
잎이 피고 다시 피어오르는 한 봄을 믿는 것이
당신은 서럽지 말았으면

왕숙천 스케이트장

어느새 몸째로 받아 올린 꽃 벙근 강아지풀
스케이트장 터 둑 위의 안개를 양 옆구리에 받고 있다
얼굴이 꺼매가던 어느 불면의 다음날
왕숙천이 건네주는 춘천 길로 새떼가 떠서 가고
천마산 중턱이 차단하는 바람도 여기선 실실실 부드러워
젊은 부부가 나와 맴을 돌던 불안 불안한 얼음판
겨울을 봄이 사랑하였나
커피콩 같은 눈웃음이 얼음을 더 좋아했었나
그만 바뀐 철 되어 얼굴도 변하는 그 느낌

산 32번지

맨 처음 함께 들어온 왼쪽 길은 어둡고
우리 자주 하늘을 본
끝내 갈려나간 오른쪽 길은 꼬이지 않았다
새길이라 훤하다
개인의 삶이 정말로 믿어지지 않는다

떡 벌어진 것의 슬픔
불 꺼진 슬픔의 실내를 나와
딱지가 앉은 상처, 매화가 붙은 금곡교회 앞뜰을 지나면
때때로 가지 사이에 있는 당신의 겨울 빨간 콧등……

목 밑까지 단추를 올려 다는
내 사소한 사랑이
떨어진 소매 속 같은 길로 찾아와 이제 정말 한 번이야, 라며
당신이, 같이 쓰는 주인집 부엌에서 딸각거린다면
저녁녘 창밖의 나무 하나는
얼마나 따스할까

아무 의미 없는
내 사랑의 허구한 솜털까지 세어보던
왼쪽 길과 오른쪽 길이 어굴(語屈)하게 붙은
금곡리 산 32번지,
가시나무를 목에 두르고도

저 비탈에 외등불은 찢어지지 않고
낮은 데를 잡고 일어서는 풀줄거리 같은 사람들 보이는데
나는 수프 끓이는 외로운 냄새에 두리번거리고

정말 살려면

꾸르륵 우는 새가 몇 마리 뭉쳐 있다가
숲속 하단으로 떨어지고
일요일,
털이 빠진 깊은 상심이
초파리 앉은
자기 머리를 건드리며 숨쉬고 있었다
창밖엔 황토 바닥 고개가
몇 단락으로 휘몰려 내려가고 있었다

더우나 추우나 삶은 이 부근 열 걸음 안쪽인데
우리의 부드러운 비누 조각, 얼굴을 씻을 수 있는 참회는 얼마나 남았나

파도 한 자락이 바위 뒤로 넘어간다
당신이 지나간 갯바위를
그만큼 나는 모른다 모른다고 한 말은 저길 드나들고 있나
날짜가 지나갈 때는 정신이 없었나
금곡리 도라지밭 속에 한 명이 다가오고 수소문하는
모질었던 꿈이 뜨개질로 떠나가고
피어나지 않은 거 믿어지지 않는다고 꽃이 졌다 할 순 없지

누구 차례도 아닌 시간이 말라깽이같이 지나가고

심하게 흔들리는 여관 창

이대로 땅딸보가 되어버린 사랑
말 앞다리처럼 들었다 마구 놓아버리는 눈보라 속으로
많이 아픈 사람들이 오늘도 처를 울리고
아이들을 울리는데
살 부러진 바퀴 하나가 드득드득 나를 다시 부른다면
정말 살려면 가난하게 살아서 꼭 가서 사랑한다고 말할 것이다
당신을 안다고 말할 것이다

이미 오고 끝났는지

이미 끝났는지 살구나무 주막은
하나씩 우산 접은 사람들을 집집에 돌리고,
우리를 가른 것이 나라고 해도 당신에게 가고 싶다는 말을
곧이 듣지 않을 사람들은
3리로 1리로 흩어져가는 동안
내 두번째 특징인 손이 많이 가는 얼굴

바람으로 머리를 감고 조각달로 눈썹을 자르던
사생활과
머금다 배알은
작은 소리만 내는 출퇴근

고기를 잡으며 사진을 찍던 장면의 뜻은 무엇인가
멀리 있어도 멀리서 살지도 못할 걸
어두운 자리 목메는 주소에서
들은 이야기와 눈빛만 떠올려야 하는 그다음은 어디련가

피란 깡통을 찬 측은한 정신에게
어깨를 펴고 다리를 붙여 힘있게 걸으라는 것이
아침 당부였던 당신,

지금 장갑처럼 참회를 꼭 끼고 여관 창에서 보니

만져지는 입버릇이 선의의 다리를 걸면
말투가 다른 촌길도 이리저리 뛰고 ,
천하디천한 발음으로 형태를 만나 모양을 내던 주변머리도
어디론가 가고 있다

이가 애린 뒤

플랫폼 한쪽 끝으로 가보았다 미루나무 섬
간다 아니 간다 머리카락을 몇 번 흔들며 기적이
실어 나른 미루나무의 말소리 있고
피 터진 손등을 넣은 윗옷 주머니 속으로
눈가루만 떨어졌다
다시는 끝내지 못할 만남이 피 따가워진 다리를 건너 가지 않을
미루나무 섬

이가 애린 뒤 안녕,
죽학리 산죽을 베러 가는 젊음이 목장승처럼 기울어지며 인상을 쓰고 들렀다 가는 심천역

천마산 긴 골을 걸으며

—성주에게

너무 자주 본 그림
얇고 비린 목숨의 몸짓들이 이렇게 몸짓들이
풀로 붙여논 코빼기처럼 땅에 살아 있다

그날의 밤의 책장에서 읽어갈 수 없어 나는 죽었다가
오늘은 한 숨 한 숨 띄어쓰기가 될 때

흐르면 금곡리에 가서 멈추는
날것, 기품 있는 상처의 아기를 낳는
꿈으로 빠지는 길이라는 것도 준비해둘걸

바닥에 노을을 걸치고 앉은 11월
인생은 밑동에서부터 열 덩어리로 꽃피고
잃을 수 있는 운명만 그리는 화가는 소원이 없지만

신음 소리 내며 부디 살아 있어야
죽어서 떠다니는 증오도
용서도 다 제자리에 바로 놓고 가지, 응?
하루살이를 품는다는데 누가 뭐라 하겠어

겨울날

지상의 첫 밤에 치던 깨끗한 바람이 아직도 생각나고 있다는 것이다
앞이 보이지 않는 뒷문 옆에 살더니
바람이 먹빛으로 바삭거릴 때마다 눈알은 붉었다는 것이다

비닐 장판 위에서 숙연한 기도로 꺼져가던 밤을
구공탄 한 장은 알고 있으리라

다시 원산도에서

해안은 지퍼를 내리고 몸을 물에서 뺀다
태양은 꼬리를 끌고
다리 한번 바꾸지 않고 소나무는 바람과 헤어진다
나는 죽기 전에 깨고
오늘은 벗은 몸으로 슬슬 삐걱이고 있다
잠꼬대를 여럿이서 하는 해안은
한차례 파래 냄새 나는 사람을 지나 보낸 뒤
시야를 아득히 도려낸다
시나브로 폐활량이 붉게 떨어지고 있다

저녁, 부안 2월

옆구리 뚫린 물병이 질질질 흘리며 가듯
옷 보따리와 책 보따리 흘리며 앵무새 같은 라디오 하나 싸들고
계화 간척 농촌 대설주의보 내린 밤을
아마 아마 이곳에선 혼자 물먹는 맛이겠지 하며
서른세 살 나이밖에 갖지 않은 생활을
끌고 온 부안

밀가루풀을 쒀서 단칸방 사면 벽에 바를 때
봄의 사방 연속무늬는 딴 방을 차린 것 같고
어느 날은 정이라도 붙이게 되리 생각하면
거기가 거기가 찢어져 소리 지르며 울고
밤눈을 보내는 자여, 인간이 되기가 힘들고 위험하다
잿빛 가슴의 마룻장 뜯어
진하고 팽팽한 성난 가장 낮은
그 밑의 어둠을 꺼내기 차마 두렵다
다디달고 뜨듯한 방은 누구의 노래인가
세상이 미쳤다면
이 땅에선 헤어진 꽃 수풀을 또 어찌 기다리나

한 달간은 바다로도 간척지로도 나가지 않았다
얼어붙은 물 고인 길에
세상 슬픔들이 다채롭게 제 끈을 푸는 것 보이고

조금도 이기지 못한 고상함
의식의 굴뚝 검댕 속으로 뜨겁게 드나드는
2월,

하루는 무슨 일인가
계화도 앞바다에 느닷없이 불붙은 배가 떠 있었다

3부 금곡댁의 하늘(1985~1986)

대보름

너희 집은 거기야?
무허가 주택 어두운 풀섶의 동민(同民)으로 결정돼
산새도 가깝고 들새도 가까운 자리에
인간 하나 습자 몇 자 날린다는 것이 무엇인지
산번지는 못 털어논 말들이 흐린 영창을 만들고
건넛집으로 건넛집으로 물수제비뜨듯 산을 오르려 한다

나의 집은 어딜까?
모르는 돌 모르는 불빛의 문간을 지날 때
나는 노래한다
결혼은 했는데 식구가 없어
남은 게 나였다 하늘을 꿔달라 쪼들린 말도 놓아달라
삼동 산동네는 여기서 거꾸로 가야 한다

아, 우리는 서로 어디 있을까?
탱자나무 잎처럼 작은 집이 다음 집이 되는
연탄재 더미에 새소리가
다 타지도 다 말하지도 못하는
대보름달을 스치고
공복의 깊은 데에 깊이 비치는
30년 제일 가까운 내 단절의 달은 누구일까

귀향

종이 찻잔의 귀를 들어올릴 때
역 홈으로 들어오기 시작했다
간이매점을 가리고
오후 햇살을 다 가리고 내리는 큰 눈
도수 높은 안경 속에 들어왔다
미워지기 전에 돌아서지 못하고
눈 끝에서 가만히
까무러치는 사람처럼

저녁에 내린 광주 눈은 더 울고
눈발에 베이는 대나무 잎 가까이
수수 년 따라서 소리 내 읽던
구길을 떼어버린 교사(校舍) 근처,
떠돌이라는 이름 편에 부친
고향 없이 사랑해보려고도 한
나는 어느 역(驛)인가

아버지가 하시던 흑판 공장 앞을
까진 칠 같은 샛길을
또 지나가게 돼
후레아들이 버린 아비들 왜 흔한지
입술을 깨물어본다

시

잠이 깊지 않아 잠 안을 배회하는
너를 그리기 위한 것이 아니다
혹은 내 속에 있는 작가가
네 속에 있는 작가로
돌변하는 게 아니다
야심한데 소낙 소리도 도깨비도 다니고
죽게 된 나의 소리는 썩은 살갗 밖으로
빠져나가지 못할 때,
날아가는 것이다
잠이 깬 약실 안의
탄환처럼 나가서
내 밥 내 그리움을 찢어주는 것이다
나도 나 닮은 소리도 되어, 한 알씩의 각성처럼

진달래를 보며

비 오는 바깥 비탈 사지 하나 옮겨와
앉은뱅이 시원스레 젖는 수 있어야지
하는 생각하다가
오늘은
저 윗대 윗대의 진달래까지 합하여
우리가 저 산비알 화전 아니면
어디 숨쉴 구멍 없는 성전에 이렇게도 살아 있었다냐
하는 생각

꽃댁

물 들어오는 시간에
붉은 점집 꽃들은 달리어
볼이 통통 불었다
몇 곳으로 꽃 나가고, 어디로부터
점괘의 허리가 가늘다고 술렁이는
말들이 들어와
대처 항(大處 港) 곳곳에서 부스럭거리고
누가 누구와 합쳐야 한다는 말이
툇마루 낙숫물 자리 귀퉁이에서
봉오리 벌리고

눈 표정 밝은 데서
부서져내린 잔주름을
꽃댁이라고 했다

눈보라

사람이 절망할 때,
아주 조그맣게 빨려들어가고만 싶을 때
불륜의 애기를 가진 시대의 먼길 앞에서
급커브를 도는 눈의 흰 화물 트럭

호남평야

호남평야에 어지러이 우박이 밟히며 다닐 때
모자를 삐뚜루 쓴 쓴 결심이 쓸려간다
친구의 반응을 살피다가 알았다 이 땅의 허수아비나 피에로가 내는 흉내란
지평 안에 서술은 거칠고 하찮아도
어김없이 발 디딘 데 있다는 뜻이다
그리고 심지가 곧다는 것은 이 땅의 쌍것들 명(命)과 같이
겨울 천에 물 휘어지면
뒷걸음질치며 이어받는다 이어받다 쓰러진다는 움직임을 가리키고
그건 또 자유라고도 부른다

우리 마을 풀잎

금곡리 첫차 오자
누추한 희망이 일부 일부
오른쪽 앞문으로 오르고
자신이 대신 탄다는 듯
안개는 아침까지 갈 듯한데

소리는 없고 머리를 기우뚱거리는 새는
무슨 음탕하고 측은하고
곤란한 게 많은 나의 시가 아닐까

안개는 농원 끝자락에 예비군들을 쏟아놓고
시는 너무 오랫동안 어두웠다는 뜻으로
풀리지 않는 안개는 오전까지 갈 듯한데

안개의 행보를 십분 보며 생각하니
안개 자체는 오류가 없고
시를 쓴다는 인간이 밤을 새우고 사실상 첫차를 출발시키는 것이라면
시가 떠안은 문제를 제기할 수 있다

따라서 안개가 자각할는지 모르지만
봄은 허벅지가 파르르 돌 틈에 떨리는
풀잎에서 돋고
첫차를 출발시킨 우리 마을 시인들은

밤을 씻고 나오는 그 풀잎을 핏발 눈으로 보는 데 익숙할 뿐이다

둑길에서 만난 노인을 위한 노래

어디로? 빗줄기 치는 곳으로
한 자리 표를 끊어두고
손녀에게 배워 몇 마디 말도 고치는

그대
짠내 나 이름난 사람 못 되었고

이름이 있고 위치가 있는 시대는
아는 사람은 아니었다는 듯
그대의 둑길을 지나가고

급한 용전이 필요했으나
그때마다 비가 왔다는 것이 변명이 되고
적게 가져서 부끄럽지 않을 것이라고

팔을 흔들지도 않고 늙음과 삶은
구설수 뒤얽힌 인류의 빵 속으로 간다고

사람

시대의 핏물이여
어디서 정욕을 따르다 사납게 오는가
이것은 비유라며 빵 부스러기를 던지고
경로는 만지려고 보면 사라지는 뜻과 같아
시종이 없다
말하는 자여 무슨 말인가
그 말끝에 나오는 사람은 쓰러진 자인가 쓰러진 자의 옆에 앉은 묵등(墨等)인가
삐걱이는 수레에 탄 가족과는 아는 사이인가 있다가 없는가
보았던 사람들의 아픔과 공력과 성의는 어디로 갔는가
이유를 모르는 이유들과 시대의 유속은 거칠고

다친 산천의
제 손을 오래 더럽히는 시간은
집처럼 마구 지어진다
밥통과 통하는 창이나 내고 거기 들어 살고 있는 일이여
5월은 반드시 팔랑이는 잎사귀를 붙이고 다른 5월로 윤작하는 농부를 찾아와야 한다

노점에서

비도 눈도 보드랍게 못 가리는 노점상
젖은 것은 우리의 외출이 아니라
길거리에 가파르게 매달린 숨이 붙은 갈대들
그중 고아가 아니라고 생각하는 아이가 고아원을 나와
바랜 벽보 선에 키를 대고
덜컥 좌판을 놓았다 목격담 같은

고향 방문을 환영하는 설날은
현수막에 풍선을 꽃으로 달고
바람으로 악기를 들었다

어느 늦은 저녁 좌판이 이륙해 제 크기만한 별이 되어 뜨면
아침이 깨워줄 때까지
홀로 활짝 팔을 벌리고 앉아보아라

우리가 명절만으로 사는 것은 아니고
추위와 습기를 지푸라기처럼 물고 사는 것만도 아니다
튼튼하게 사는 것이다

읍내리 가는 길

읍내리 가는 길에
입산 금지 저 위 저 위 봐, 걸어가는
빗줄기
생리 모르는 사람이 둘 있고
저지대 지나 고지대에 하나 남겨둔
생살 비치는 가난한 행간(行間)
그 선짓국집 안으로 겨드랑이께가 끌리는
늦겨울,
문종이엔 뭉그러져 떡 된 검댕이 있고
벽마다 자잘자잘 찢어져 붙은 취지가 산다
사과 한쪽 문 입이 하얀 어느 집
작은딸 아이 미열(微熱)이
졸리운 시간이다

금곡댁의 하늘

그래야 보강 시간이 끝날 것 같아
이화 주택 방향으로 한 초롱 더 나간 나팔꽃 송이
부근에서 실력이 없는 슬픔이 느릿느릿 흘러나오고
행랑방 여자가 고추꽃의 약한 물결에 손을 넣었다

오늘 포플러 일가(一家)는 길가에 옥수수를 쪄 팔았고
내 마음을 금지곡으로 한 곡 부르는 까마귀
마을 앞 폐쇄된 톨게이트 영역을 떠서 지나갔고
금곡댁의 하늘
물지게 멘 구름이 천마산 위에서 곧 덮겠다 덮겠다

4부 하류(1980~1984)

원산도에서

살가죽을 미는 틈이기도 하고
살가죽을 당기는 틈이기도 하다
뜨르르르 찢긴 그 어디를
막소금밭에 들이대는 것이기도 한
세사의 밤 파도 속을
흙덩이는 부스러지면서 죽어라 헤엄쳐 간다
간극이 이렇게 넓은데

잎을 건져 먹기도 하고
정념을 부표로 밀기도 한다

한 파도가 다른 파도를 씻기듯
살자
잘 안 보여서
수평선이라고 하지만

찬 모래를 따라 걸어온 잔발목의 새
새끼들이 지켜보고 있다

하류

—남성(南星)에게 1

이 신촌리 보이잖게 떨어진
들꽃들의 사랑을 유수는 다 품지 못하지만
내 추위가 어느 물목의 매듭을 짓고
치는 양도 소도 없이 이 물가에 10년
좋은 술을 먹었지

함께 걸으면
쌓인 늦눈 속에서 빌려오는 것은 고깔모자이고
돌자갈들 닳고 있는 구실은 가난하다는 것
무슨 큰 이별이 이 범부들에게
정해졌을까

하류로 흐르는 물은
만나러 갈 수 없는, 청춘의 빛을 풀잎처럼 실어가고

확실하게 해두지 못해 떠나는 사랑은 시간의 유리 공을 굴리고
사랑을 위해서는 자기 몫의 눈물이 있어
우리는 물살을 자박자박 걷는다

혹한

1급 정비 공장
엔진이 죽은 트럭을 치우며
우는 눈송이(어서 오게)

사랑이
더럽게 식은 비곗국 같은 저녁
짓무른 몸을 지상에 안아 내리는
눈송이…… 결국 저렇게 자기를
도로록하게 자기를 안을 뿐인 진눈깨비 속에서
누가 뭐라 하나

나는 한사코 거꾸로만 져 내리는 것을

영진 횟집에 있음

—김영규에게

둔덕 끝의 해안 초소를 평평하게, 평화롭게 눌러버리고,
고리가 있는 문에 저녁 눈보라 덤벼드니
됫박 성냥 퍽퍽 긋던 불장난의 학년
들키는 듯

약도와는 떨어져 길 끊어놓은 횟집에 앉아
바람벽 하나에도 쉽게 달라붙질 못하는 성미가
작은 콩새처럼 소리를 하고
배 뜨시고 등 따신 날 없는 게 특별하다

방파제 뒤로 굴굴 빠지는 하수에 섞여
오징어는 올라오고 저 바다로 갈까 친구여
뼈 없지만
아, 나는 내 사랑대로이구나
어느 생식(生式)에 얹혀지면
하얀 국물처럼 보골보골 용서도 참회도 우러나오고
어째서인가 사랑은 기나긴 것이었다

이별이라는 나의 어두운 건물은 누웠다 일어났다를 반복하는
철석같은 바다 파도의 거대한 소리와 같다

밤 뒤에도 잔업이 있는
수산물 가공 공장의 네 명 다섯 명은

내 옆에서 식권을 내고

깊은 저 바다 없었다 해도
장년(壯年)엔 장난도 장난거리도 없는 것을 알았다 해도
생
눈 속에 찾아온 것도 불굴이며 속으로는 안타까웠지만
나는 우리가 제발 좀 그냥 황홀했으면 싶었다
영진 횟집에 있음, 이라고만 쓰고

눈

—김경만에게

12월에 자꾸 떨어지는 담뱃재
학다리 밑으로 큰 낙타 인형이 물에 내려가고
내려가면서 육봉 등진 너의 가는 다리가 탁 부러지고
골초, 긴 밤마저 털어버린다

떠돌이여

열일곱에 홍수에 떠내려가는 집을
포플러 한 그루에 붙어서 보았다
그 비극 한 평의 끄트머리 끄트머리가
이렇게 너른 줄 모르고
떠돌이, 두루루 회전하는 바퀴 같은 신발을 굴리고

막지 못한 말문처럼 자취 길게 비져나와
그만 오픈 세트에 사는 자의 노래는 부를 수 있었다

신촌리 나이들고 병 있는 말이 얼마나 슬픈지
아랑곳없이 가루눈 마구간에 오고

가랑잎처럼 얇고 마른 혀를 머금고
나는 너무 오래 지나가는구나
헛소리하며 오는 철인(哲人) 하나도 못 만난

소총 가늠쇠를 받치고
갈 길은 다시 희끗희끗 영(嶺)을 돌고
월유봉 밑에 기다리는 사람은 정말 슬픈 사람이다

그 무렵

휘이 외로웁고 뜨거운 육성을 떠듬거리고
톱밥 난로 연통으로 빨려 올라가는
어머니, 위험한 우리
대한교구공업사 칠판 창고 바닥에서
거무튀튀한 시간이 똥을 쌓아올릴 때 나는 머리를 기르며
붉은 눈에 글씨를 쓰고 발바닥을 문질러 칠판을 지웠다

보안등 불빛이 어금니처럼 창고를 물고 있는 빗속으로
반벙어리 사방으로 막막한 수평선이 말을 막았다

나와 너의 어머니까지 걱정이 되었다

두꺼운 손바닥같이 볼품없는 아버지의 딱딱한 영혼이라도 빌려서
먹고살아볼까 하다가
죽자, 밖에서 보면 가족의 멸종을 가득 실은 배가 먼바다로 가는 줄 절대 모르게
불행이라는 은행에서 잡아주지도 않는
어차피 KS마크가 없어 팔 수 없는 칠판뿐인 창고를 낡아가게 두고

어차피 모든 원양(遠洋)의 살과 피는 홀로 다치고
홀로 싸매는 일가(一家),

나도 정신의 한구석을 단독이라는 돌로 빠개 무어라
말해야 하는
말 안 듣는 세대였다

어느 순간은 모든 세상의 윤곽이 어둡고 멀어
나와 나의 다음 인간마저 걱정이 되었다

그 무렵
넘어지듯이 병장 제대를 하고 나와서
말에 떨고 있는 입술을 가엾게 생각하는 나는
배회로 홀몸을 데우며
붉어지고 있었다

낙산 가건물

여름은 휘발유를 채우기 전에 도로를 달리고
모래와 해송들이 연장하는 바다에서 파란 음색을 사랑했다
마치 차 번호를 하나 가진 것 같지만

이 고장에선 교회가 가난해서 가슴이 두근거릴 뿐
천막과 파라솔 사이에서 꼼짝없이 생각은 빠진다
목마를 때 수통이 나눠준 행과 연은
찢어질 듯 가지를 뻗은 팽 큰 나무 아래
각목을 박은 가건물처럼 비어 있다

나는 섬과 함께 날아올라가고 싶다

아침이 되면
둥그런 두상을 물속에서 꺼내는
늙은 어부와 함께 섬이 뜬다

오늘 아침
빰을 섬에 대고
피를 두드리고 바람을 만들며
나는 섬과 함께 움직이고 싶다

죄가 많다는 피를 올렸다 내렸다 하며
나는 섬과 함께 날아올라가고 싶다

풀 끝에 가만히 붙어 있는 잠자리와 함께
꼼짝 않고 붙어 있는 어부의 지문 같은 어두운 이름과
함께

비

비가 오고
비가 오고
외곽엔
한 켤레의 신발이 지금 접어들었다.

오지 않는 것은
오지 않았지만
오는 자의 휘파람의
고독한 얼굴

놀라워라, 한줌의 흙이 찾아오고 있는
마을의 중심에
비가 덮고
비가 덮고

인사말이 아른거리는 광주역

사랑에게

한 인간의 입에서
반쯤 듣고 못 듣는다면
아름답고 외로운 것일까

새로운 말은 없지만
어디서나
한 인간의 귀로
반쯤 듣고 못 듣는다면
나는 마음이 움직일 것 같다

새로운 말은 인간이
만들지 않지만
너와 나는
편지를 반쯤 쓰면서 살고 싶다

낙하지점

—남성에게 5

문득 눈시울이 터지는 소리가 나고 있다.
난초 잎새 안으로 깊이—
쓸리는 밤
남해안 변죽에 뜬
이렇게 짠 눈물을 내리는 별이
내 눈에 백 개 이상 보인다
밤밥을 먹으며 삶을 어루만진다
어디쯤이 글쎄일까
알 수 없는 밤이 이빨처럼 썩는
내 기다림 언저리로
별 하나 낙하지점을 잡는지
조금만 잘못 재도 나는 사라져버릴 텐데

얼굴

정면도 모르는 상태에서
전면(全面)에 헌사를 바친
미래는 대부분의 물음에 대해 알고 있지 않은 얼굴

새

새는 납작하게 숨을 죽이며
연출자의 바짓가랑이 같은
무대 위로 내려오고 있다
어두운 객석에 총구가 하나둘이 아니다
사과를 따먹은 죄 같은
하나의 대사(臺詞)가 지나갈 때
뒷등이 흥건히 젖은 인력(人力)을
누가 유심히 유심히 울어주는가

임

저녁 시장기로 차오르는 비린내 속
어느 초롱에 피 묻은 눈매 환히 씻으며
음력설 수평선을 예수처럼 밟고
그린 듯이 올 임이 있어
곰보달 뜨고 고할 죄 걸리고

흰 괴석 덩이

거진 액땜 다한 사람처럼
거진 나쁜 피 말린 살 껍질처럼
사방을 만지는 눈동자
혹은 투명한 계산
처럼 반짝반짝이고 있다.
스승을 뵙고
길가로 몸을 붙여
돌아가는 보법 앞으로
나타난 흰 괴석 덩이

비린내 없게
학동 어귀는 햇빛이 좋고,
정말에 거짓말이 기미 끼어 있는 내 눈은 부시다

수류탄이 터지는 지점을 걸어가보고 싶다
흰 괴석 덩이 같은 시를 들고

강

다시 돌아서지 않을
사람이 왔다 가면서
허리끈이 하나 떨어졌습니다
그녀가 풀어놨어도 사는 동안
여전히 묶여 있을 것입니다
그 사람은 이번이 첫사랑입니다

문학동네포에지 084

사람

초판 인쇄 2023년 12월 10일
초판 발행 2023년 12월 22일

지은이—황학주
책임편집—김민정
편집—유성원 김동휘 권현승 유정서
표지 디자인—이기준 이정민
본문 디자인—이원경
저작권—박지영 형소진 최은진 서연주 오서영
마케팅—정민호 박치우 한민아 이민경 박진희 정경주 정유선 김수인
브랜딩—함유지 함근아 고보미 박민재 김희숙 박다솔 조다현 정승민 배진성
제작—강신은 김동욱 이순호
제작처—영신사

펴낸곳—(주)문학동네
펴낸이—김소영
출판등록—1993년 10월 22일 제2003-000045호
주소—10881 경기도 파주시 회동길 210
전자우편—editor@munhak.com
대표전화—031-955-8888 / 팩스—031-955-8855
문의전화—031-955-2689(마케팅), 031-955-8865(편집)
문학동네카페—cafe.naver.com/mhdn
인스타그램—@munhakdongne 트위터—@munhakdongne
북클럽문학동네—bookclubmunhak.com

ISBN 978-89-546-9784-2 03810

www.munhak.com

문학동네